Nijiirono Neji

文：安田 真奈　絵：はりたつお

ガシャガシャ　ギリギリ　ネジ工場(こうじょう)
コロコロ　ころがる　ネジ一本(いっぽん)
コロコロ　コロコロ　どこへ行(い)く？

ギリギリ　コローン　ギリギリ　コローン
ネジがいくつも　ぬけでてコローン

🛈 **おうちの方へ**　ねじの役割を考えながらお話をお楽しみください。
お部屋をぐるっと見回して、ネジがどこにあるかさがしてみましょう。

どこへ行くのか　ゾロゾロゾロ
ボクはびっくり　オロオロオロ

シャキーン‼

「たいへん　たいへん　はじめまして！
わたしの名前(なまえ)は　ハグルマ姫(ひめ)！
あちこち　ネジが　ぬけてるの！
食(く)い止(と)めなければ　たいへんよ！」

ガラクタ山に　まほうをかけた
「ネジロボットよ　生まれなさい！」

どうやら　ネジたちを呼んだのは
ネジのお城(しろ)の　ネジ王子(おうじ)

ハグルマ姫は　大声で
「ネジのほこりを　わすれたの？
みんなをネジあなに　もどしなさい！」
油のおふろは　トロトロトロ
王子は　もんくを　タラタラタラ

「もうやだ　もうやだ　もういやだ〜
いろんなモノを　がんばって〜
ギュッとつないできたけれど〜
ゆがんでガタガタ　さびてボロボロ
こきつかわれるのは　もうたくさん〜
ぬけろ　ぬけろ　みんな　ぬけろ〜
人間たちよ　ざまぁみろ〜」

どんどん　モノがこわれてく
どんどん　世界(せかい)がくずれてく

ネジロボットが　ささやいた
「ニジイロノネジ　ヲ　サガシマショウ」

🛈　ネジをしめる時は、右回し。ゆるめる時は、左回し。

ネジのお城に　かくされた

虹色に光る　まほうのネジ

ぐるぐる回して　ギュッとしめれば

みんななかよし　ステキなネジ

王子はギラギラあかんべー

「ハハハ　そんなの伝説さ

それより世界が　あぶないぞ～」

王子はグングン巨大になって
のっぽのビルを　ボキボキ折った

「地球とビルをつなぐなんて〜
つかれるだろ〜　もうやめろ〜」
ビルの下から　ぬかれたネジは
フラフラ　お城へとんでった

巨大王子は　止まらない
世界のネジを　ぬきまくり

「苦しめ苦しめ人間たち
ネジをこきつかった天ばつだ〜」

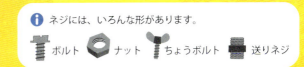

ネジには、いろんな形があります。
ボルト　ナット　ちょうボルト　送りネジ

「ボルトとナットで　はさみこみ〜♪

ちょうボルトで〜　はじきとばし〜♪

送りネジで〜　送り返し〜〜♪」

「ダメだわ！ぜんぜん、歯が立たない！」

こわれた世界を　ネジたちが

ながめて　なんだか悲しい目…

ボクは王子に　だきついた

「よーくよーく　わかったよ！

ネジはいろいろ　つないでる！

車（くるま）やロケットは　大発明（だいはつめい）

だけどネジがなきゃ　動（うご）かない！

ネジは　大（だい）・大（だい）・大発明（だいはつめい）　えんの下（した）の力（ちから）もち！

ギュッとつないで　そっとはたらいて

がんばってたんだね　ネジ王子（おうじ）！」

ネジは、どんなものに使われているでしょうか？

コロリ　コロリン　コロリンリン

王子の目から　なみだネジ

ネジベーターに　かけこんで

お城のてっぺん　ネジランド

ネジコースターに　ネジカート

ネジゴーランドに　ネジやしき

王子はメソメソ　コロリンリン

おこっているの？　かなしいの？

こたえず首を　ブンブンブン

ネジゴーランドに　のりこんで

ほっといてくれと　コロリンリン

「元気を出して　ネジ王子」

ボクとハグルマ姫とネジロボットで

ネジゴーランドを　回したら…

🛈 落ちているネジを見つけたら、お子さまと一緒に元の場所を探してみましょう。

風がおこって　ぐるぐるぐる
雲がでてきて　ぐるぐるぐる

うずまきになり　柱になり
大きな　大きな　虹色のネジ

ぐるぐるぐる　ぐるぐるぐる
みんなが　なかよくなるように
世界が平和に　なるように
虹色のネジは　ぐるぐるぐる…

ネジたちは　キラリかがやいて
元気いっぱい　帰っていった

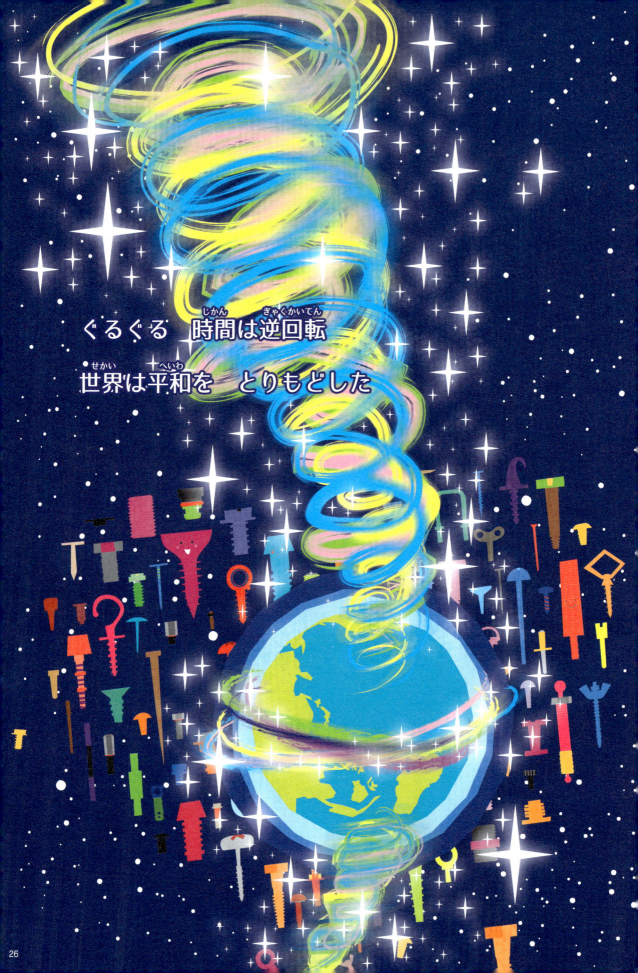

ハグルマ姫は おせっきょう
「ネジのほこりを 大切にね！」

ボクは王子に きいてみた
「ここでいっしょに 遊んでいい？」

王子は笑うと かわいかった

それからときどき　ボクたちは

ネジのお城で　遊んでる

虹色のネジを　回してる

ぐるぐるぐる
ぐるぐるぐる
ぐるぐるぐる
……ギュッ。

> ❶ いろんな形、いろんな色のネジが登場しました。
> お子さまが好きなネジは、どれでしたか。
> 自由な発想で、新しいネジを考えてみましょう。

えんの下の力持ち！
ネジができるまで

私がみんなにネジの作り方を教えてあげる！

❶ いろんな材料で作ります。最初は棒の形をしています。

❷ 機械に棒を入れるとネジの溝ができます。

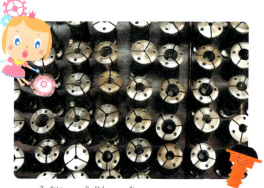

❸ 機械の部品を変えると、太さや形のちがうネジができます。

人間の目ってすごいね!!

❹ できあがったネジは、人の目でチェックします。

❺ みんなの生活を支えてくれるネジの完成です！

❻ 身の回りにあるいろんなネジをさがしてみましょう！

あとがき

モノとモノとをつなぐネジは、地味だけど、とってもたよれる、縁の下の力持ち。そんなネジに、私は虹色の輝きを感じます。この物語を読んだお子さんとおうちの方の間に、「一本のネジも、がんばってるんだねー！」という優しい会話が生まれれば、大変うれしく思います。

安田　真奈

ゆめづくりものづくりプロジェクト
にじいろのネジって？
Nijiirono-Neji

「ゆめづくりものづくりプロジェクト」は、ものづくりの楽しさや大切さを、全国の子どもたちに伝える取り組みです。今回はネジを主役にした「にじいろのネジ」を、2016年6月より、ワークショップ実施からスタートしました。そして、より多くの子どもたちに想いを伝えるべく、ツールとしてこのお話を製作しました。縁の下の力持ちネジについて、お子さまと話しあうきっかけにしていただければ幸いです。

○ ワークショップや絵本など、さまざまなツールを活用した、学びと体験を提供します。
○ 「ものづくり」について、楽しくわかりやすく伝えます。
○ 子どもたちの「ものづくり」への夢をふくらませ、未来の可能性を広げていきます。
○ ネジ以外のモノについても、楽しいプロジェクトを展開していく予定です。

「にじいろのネジ」企画・運営
株式会社コノエ・株式会社エンジンズ・キッズプロジェクト

Webサイトや Facebookで、情報発信中!!　にじいろのネジ 検索

文：安田 真奈(やすだ まな)

監督・脚本家。メーカー勤務の後、2006年、映画「幸福（しあわせ）のスイッチ」監督・脚本で劇場デビュー。上野樹里×沢田研二の電器屋親子物語。NHK「やさしい花」「ちょっとは、ダラズに。」、MBS「奇跡のホスピス」、映画「猫目小僧」「劇場版 神戸在住」など脚本担当。

絵：はりたつお(え)

絵本作家・イラストレーター。広告会社、観光開発会社のデザイン室勤務の後、他界した兄が残した詩をテーマに版画制作を開始、全国のデパート等で販売。Benesse「Worldwide Kids English」絵本作画、「こどもちゃれんじぽけっとEnglish」にて「しまじろう」の作画等を担当。

「にじいろのネジ」

2017年1月20日　第1刷発行
企　画：ゆめづくりものづくりプロジェクト
著　者：（文）安田真奈
　　　　（絵）はりたつお

発行者：松山孝

発行所：株式会社シンラ　象の森書房
　　　　〒530-0005　大阪市北区中之島3-5-14LR中之島
　　　　tel：06-6131-5781

印刷・製本：株式会社一心社
　　　　〒543-0052　大阪市天王寺区大道1-14-15

ISBN:978-4-9907393-3-1

おうちの方へ

ネジなどの部品や工具を使用する際は、じゅうぶんご注意ください。